息、悪夢

金仁淑《キム・インスク》

きむふな 訳

それはとても古い絵だった。彼の記憶が正しければ、その絵を描いたのはほぼ二十年も前のことだ。だとすると、母がまだ二十代の頃だろう。しかし彼が描いた母は白髪で、顔にはこじわが見える。母という存在は当然そうであるべきだと考えたからだろう。あの頃は皆の母親が若かったが、彼の母は特に若かった。絵のタイトルは何の修飾語もない、ただ「おかあさん」だった。絵を描いたのは、母の日を記念した写生大会だったのかも知れない。絵のなかの母は椅子に座っている。ひじかけのない、教室などにありそうな木の椅子に、両手をひざの上にのせて〝ただ〟座っていた。教室で机の間を行き来しながら子供たちの絵を見て回っていた先生が、彼の横に来て微笑んだ。「お母さんは何をなさっているの?」。クレヨンで厚く色を塗りつけるのに夢中だった、幼い彼が答えた。「何もしてない」。

母が亡くなった。黄ばんだ画用紙にクレヨンで何度も塗りつぶしたせいで、粗雑に描かれた母の顔は、いまやごちゃごちゃした色にしか見えない。画用紙の色があせているようにクレヨンの色もあせて、母のもつ色はますます彼女の死と似ていった。

母が突然の事故で世を去った後、父は引越しを決めた。彼はもうこれ以上、できれば一分一秒も、妻との思い出が詰まっている家で暮らしたくなかった。不動産屋に家の処分を任せ、新たに住む家を見つけることよりも先に、父は引越しの荷造りをはじめた。父と母が結婚してからずっと暮らし、次々と子供が生まれた家には、あらゆるところにあらゆるものがあった。隅々に押し込まれ、隠れていた荷物があまりにも多くて、まもなくそれらを積んでおく場所がなくなるほどだった。あれだけたくさんの荷物に囲まれて、一体僕たちはどこで寝て、どこでテレビを見て、どこで食事をしたのだろう。最初はリビングの片隅に積み上げられた荷物が、だんだん庭に下ろされ、最後は家の外へ捨てられるようになった。足ががたがたする椅子は、座れないほどではなかったが、そこに座る家族の一人が減ったので、捨てずにおく理由がなかった。洗濯板と砧《きぬた》は、もうそれを使う人がなさそうだったから捨て、綿が固まっている布団セットも、同じような理由で捨てられた。それでも家のなかの荷物が減らないと、父はより大胆に捨てるものを探しはじめた。母の葬式を最後に、多かれ少なかれ客を招くことはなさそうだったので、お客用の大きなテーブルを捨て、使い主が消えた台所の要らないものや、塗装がはがれたテーブルも捨てた。母のいないリビングのソファーに座ったり横になってテレビを見るとも思えなかったので、その古いソファーも捨てた。すると座って見ることがなくなったテレビも、要らないもののように思われた。

家のなかは急速にがらんとなっていった。しかし家を買う人どころか、見に来る人さえなかった。父は庭に捨ててあった椅子を一つ、ふたたびリビングに持ってきて、そこに座って表門をながめた。使えそうなものはだれかに持ち去られ、残っていたのは、最初に捨てた足のがたがたする椅子だけだった。父はひじかけのない硬い椅子に座って、一日中表門だけをながめていた。しかし、一日が経ち二日が経ち、季節が変わっても、家を見に来る人はいなかった。

その絵は父が捨てた木箱のなかに入っていた。中二階の物置でみつけた木箱には、子供たちにまつわるいろんながらくたが入っていた。片方の腕がとれたロボット、メンコとプラスチックの刀、小学校一年の宿題ノート、成績表、賞状、そしてくるくるまいてゴム紐でとめてあった、その絵。絵をながめていた彼が、父の方を見つめた。一つしかない椅子に座っている父の姿が、絵のなかの母の姿とあまりにも似ていたからだった。彼が木箱の中身を確認している最中に、ぽきぽきと肋骨が折れるように木箱が壊れてしまった。彼はばらばらになった〝ゴミ〟を、スニーカーでさっさと隅に押しやって片づけた。木箱のなかに入っていたときは宝物だったものが、きたないスニーカーで押され踏まれると、何でもないものになってしまった。

母が大切に保管し父が捨てたものには、兄たちにまつわるものが最も多かった。それは時間が止まってしまった思い出だった。彼と年子の双子の兄はともにアメリカに渡り、どちらも二度と戻って来なかった。彼らが、移民として渡米する伯父に連れられて出発したのも、もう二十年前のことである。彼らがまだ小学校に入る前だった。

出国の当日、双子は同じ顔で、同じく鼻に左右対称のしわを寄せて、大声をはり上げながら空港のなかを走り回った。父は我慢しようと努力したが、とうとう怒りが爆発し、二人の首筋をつかんで一人は右の、もう一人は左の頬をひっぱたいた。近くで見物していた人が声を上げるほど強く引っぱたかれたにもかかわらず、宙ぶらりんになった小さな双子はワァ！と声を出して笑った。

双子は、戸籍上は伯父の子供だった。双子が生まれた当時、父はすでに八年も逃亡中の〝兵役忌避者〟だった。自首して入隊しない限り、彼が法律的にできることは何もなかった。しかし、世の中には法律や常識でできることより、そうでないものの方がはるかに多かった。彼は女と出会い、その女と一緒に暮らしはじめ、そして子供ができた。これらのどれも、法律の許可を必要としなかった。しかし、子供が生まれることは別だった。

子供など作るつもりはなかった、と後日父は言った。婚姻届も出しておらず、二人して仕事もない彼らがやることとは、夜から次の日の夜まで体を重ね合わせることだけだった。そんな幼い夫婦ではあったが、とはいってもだんだん膨らんでくるお腹が、大きな災いになることを知らないほど愚かでもなかった。ただ、時間の経つのが速すぎたのだ。〝あ、たいへんだ〟と言っている間に、女のお腹はますます大きくなっていき、〝こいつをどうしようか〟という決断を下す前に、お腹にいるのは一人ではなく二人だということがわかった。つまり、こいつではなく、こいつらだったのだ。開いた口を閉じる間もなく、女のあそこが開かれ、五分も経たないうちに、肉と血の絡み合ったかたまり二つが猛烈な勢いで世の中に出てきた。つまり〝こいつら〟は、子宮のなかで耐えなければならなかった存在の不安に対して、抗議でもするかのように荒々しく声高らかに泣いたのだ。

子供など作る気がなかった父は当然、結婚など考えていなかった。しかし双子が生まれてまだ一年も経たないうちに、ふたたび女のお腹が膨らんできたとき、彼はもう、自分があきらめなければならないところまで来ていることに気づいた。父の目に母は、たいへん生産力のある女に映った。もしこの女が次々と子供を産むなら、彼は一ダースにもなる子供をおんぶに抱っこし、手を引っ張って、憲兵と犬たちに追いかけられるかもしれない。彼がなぜそれほど幼稚なことを考えたのかは知らない。一ダースにもなる子供たちを災いのように抱えることより、もっと簡単な方法があったはずなのに。父は誇張された想像のなかで生きる人間だったが、子供を持つのも、その子たちをなすすべもなく兄に渡してしまったことも、そしてそれらの始まりである兵役忌避者になったことも、結局はすべてがその性格のゆえだった。人生の決定的な瞬間のたびに、彼を圧倒するのは恐怖という感情だった。そのたびに彼は逃げまわったが、結局はいつも同じ場所にいた。入隊しながら、彼は自分が、二度と何かからそれほど長くは逃げられないだろうと予感した。

子供の親になることや一人の女の夫になることより耐えがたかったのは、軍隊に入ることだった、と後日父は語った。彼は愛国者になる気もなく、国家のために何かをすべきだとも思わなかったし、自分にそんなことを要求するほど国家から何かをしてもらった覚えもなかった。彼は世間に借りを作らずに生きてきて、今後もそのように生きていきたかった。当然のことかもしれないが、彼は英雄にも偉人にも天才にもなりたくなかった。

彼の軍隊での生活は誇張するまでもなく、むごいものだった。彼が自首して入隊した頃、国ではクーデターが起こり、政権が代わった。軍隊は常に非常事態だった。わけのわからない疲れと、耐えがたい苛立ちと、対象の分からない怒りに囚われていた古参兵たちは、この年のいった初年兵に、そのはけ口をもとめた。彼は歳を食っているという理由で殴られ、大学生と誤解され殴られ、その後は兵役忌避者だったことが発覚して殴られた。そして、その後は何の理由もなく殴られた。入隊してほとんどの時間を彼は殴られ、練兵場を走らされ、服を脱がされ、直立したまま夜を明かした。足の指はしもやけになり、手の指は爪がはがれ、睾丸の近くに傷跡ができた。

父は生まれつきの照れ屋だった。何か言葉を発しなければならないときは、割れるような頭痛とともに顔が火照ってきた。その内容が深刻なものである時は、心臓が体の外で脈を打っているような音が聞こえて、がくがくと足が震えた。学生時代にも軍隊時代にも彼を苦しめたのは、まさにその〝言葉〟だった。言葉を避けることができれば彼は何でもしたはずだが、実際、決定的な瞬間に言葉を避ける方法はほとんどなく、結果はいつも過酷な災いとなって現われた。軍隊でも、古参兵たちは常に彼に答えを要求した。そのたびに彼は頭が割れそうになり、顔は爆発寸前のように赤くなった。質問は何の意味もないもので、どんな答えをしても結果は同じだったろうけれど、それでも彼はどんなことであれ言わなければならなかった。彼が足をがくがくさせながら考えている間に、最初の殴打が始まった。彼は慌てて考えに考えた。そうしている間に二発目、三発目と殴打が続いた。言葉は考えに代わり、考えは言葉のタイミングをますます奪っていく悪循環となった。そしてとうとう、父は完全に考えのなかに入って、二度とそこから出ようとしなくなったのだ。彼は考えに考え、また考えた。考えは考えのなかで誇張され、考えのなかで喜びや悲しみとなった。

父はお酒が飲めない人だったが、それでもたまに深酒をするときがあって、そうしたときは考えが体の外に流れ出ることもあった。ある日、夕食の買い物から帰ってきた母は、父が水をためた洗面器をテーブルにおいて顔を突っ込んでいるところを目撃した。テーブルの上には焼酎のビンが転がっていて、父はびしょ濡れになっていた。母はそれを見て父が魚になっているのだとわかった。母は家の掃除をして、夕食の支度をし、洗濯物をたたんで、リビングに明りをつけるまで、父をそのままにした。寝床に入る頃、母はようやく父のそばに来て静かに声をかけた。

「サメが来てるよ」

父が洗面器から顔を出して大声で怒鳴った。

「バカ！　淡水にサメなんかいるか！」

しかしそう怒鳴った瞬間、父は言葉をしゃべる自分が、もはや魚ではないことに気づかざるをえなかった。魚から人間に戻った父の顔に、いきなり疲労の色が現れた。彼は疲れ果てた体を引きずって布団のなかに入った。

母は父と一緒に出かけた釣り場で事故に遭った。湖にある釣り場まで近道で行くためには、水路を塞いでいる石垣の上を歩かなければならなかった。釣りの道具箱をかついで先を歩いている父に、母は目眩がすると言ったそうだ。照れ屋の父は母に手をかさなかった。その日、父が鯉を釣り上げたとき、母はそばにいなかった。父が釣りをしている間、母が一人で周囲を歩き回るのはよくあることだった。釣り針が鯉の口を貫通して、頬の外にとび出していた。口が破れないように慎重に釣り針をはずそうとしたが、その針が父の指に刺さった。ちょうどその瞬間ではなかっただろうが、もしくは偶然その瞬間だったかもしれないそのとき、母は石垣の下にいた。

石垣から落ちた母は、肋骨にひびが入り足が折れる重症を負った。脊椎と脳にも損傷があることがわかったのは、精密検査の後だった。かなり高い石垣であったとはいえ、予想以上の重症だった。後日、父はその釣り場を訪ねて、しばらくその石垣の下を見下ろしたりした。母が事故に遭った瞬間を思い浮かべると、自分の背中を、何かが巨大な力で思いっきり押している感じがしたと言った。その瞬間、彼が目眩を起したら、彼自身も母のように肋骨にひびが入り足が折れ、もしくは内臓が破裂したかもしれない。

母がまもなく世を去ることになるという事実を知ったとき、父は遠い過去に入隊を決めたときのことを思い出さずにはいられなかった。人生で最も大切なものをあきらめるときの孤独と絶望が、ふたたび彼をおそった。彼は見知らぬところに投げ捨てられたようで、心の深いところでは砂嵐が吹くような音が聞こえた。できることなら、彼は自分の心臓のなかに手を突っ込み、肩を入れて、最後は顔まで突っ込み、そこに積もっている砂のなかに隠れてしまいたかっただろう。

人生とは左右が一致する貸借対照表ではないことを、彼は知っていた。どんな巨財を手放したとしても、それに対する報いはただ巨大な穴だけだった。だから、人生は命をかけて守るべきものと、気にもかけないで手放すべきものと、二つが存在すると彼は考えていた。とはいっても、避けたい瞬間はあるものだ。八年も引き延ばしてきたのに、結局は軍隊に行かなければならなかった、遠いあのときのように。

父が彼に、母の秘密を打ち明けたのは、彼女が息を引き取る直前のことだった。母さんが目を閉じる前に、許すと言ってあげろ、と父が言った。そうしなければならない。心では許すことができなくても、幸いに言葉というものがあるから、その言葉で許すと言ってあげろ。お前の母さんを、この世での荷物を背負わせたまま逝かせたくないんだ。父と彼は、病室の外にある長椅子に並んで座っていた。日が暮れて廊下に明りが灯されると、向かいの窓に彼らの姿が映った。二人は完全な相似形で、同じく両腕をたらして違う方向を見つめていた。その日、父が打ち明けた話によると、遠い、とても遠いある日、母は誰かを殺そうとしたことがあるそうだ。彼は特に驚くことなく父の話を聞いていた。重要なのは母は殺人者ではなく、殺人未遂者であることだと考えた。世のすべてのことは、大概が未遂に進められ未遂で終わるものではないか。彼自身も今日まで生きてきて、殺したい人がいなかったとは言えない。その欲望、その耐えがたい怒りと恥辱も、要するに未遂ではないだろうか。母が殺害しようとした対象が彼自身だったということを、とうとう父が明かしたときも、彼は同じ気持ちだった。どうであれ彼は今生きているのだから。

「僕にはそんな記憶などありません、父さん」

「お前が生まれて三十七日もなる前のことだ」

その日、父は一度も声を震わせなかった。一生、言葉を避けてきた父が、子供にそんな驚くような話をしながら、少しの揺れもなかった。もしや父は、その言葉を話すために世のすべての言葉に緊張してきたのだろうか。言葉が言葉として刃になること、人生の一片を刺身のようにするどく切り取る。

しかし、まさにそのために、彼は父を信じることができなかった。


彼は若い頃の父親を覚えていた。徴兵忌避者の頃から釣りにはまって、しょっちゅう一人で夜釣りに出かけていた父が、軍隊から戻ってからは、釣りを家族とのお出かけに決めていた。家族を守るために軍隊まで行ってきたぶん、家族は彼がただで手に入れたおこぼれではなかった。彼は自分の犠牲の大きさにみあって、家族が偉大であることを願い、当然そうであるべきだと考えた。しかし、釣り場に着いて川に釣竿を投げる前、彼は自分の失敗に気づかずにはいられなかった。幼い双子はあちこちへと走り回りながら、隣の人の釣竿を水のなかに落としたり網をひっくり返し、ざぶざぶと水のなかへ入っていった。最初は笑みを浮かべて双子を見つめていた周りの釣り人は、五分も経たないうちに舌打ちをし、ついに悪口を吐きだした。父は釣りに集中することができなかった。にもかかわらずその日の釣果は最高だった。釣竿を投げ入れると早々に魚が釣れた。双子は絶えず問題を起こし、彼は絶えず魚を釣り上げ、その魚の口から釣り針を引き抜くたびに無残に魚の口が裂け、母は網のなかで血だらけになっている魚を覗きながら、大声を出して泣いた。

そのとき、母さんは精神的に不安定な状態だった、と父が言った。双子が一歳になる前に夫が軍隊に入り、彼女は大きなお腹をかかえて一人で双子を育てなければならなかった。彼女は寂しくて怖くて不安だった。妊娠中ずっと、彼女は重度の鬱病の症状をみせ、軍隊に彼の面会に行っても、泣いてばかりだった。しかし、よりによって戦争のようだった時期に軍隊に入り、足の指はしもやけになり、手の指は爪がはがれ、陰部まで傷ついていた父は、泣いている妻をなぐさめる代わりに、汚いラブホテルに彼女を連れて行き、荒々しい息を吐きながらまずはスカートをめくりあげた。彼の尻が猛烈に動くたびに、臨月のお腹が汚い床に落ちてしまうのではないかと思われるほど波打ちながら揺れた。屈辱的な絶頂の瞬間のたびに、母は父に向かって口を極めてののしった。母の涙交じりの悪態に向けて、荒々しく精液が噴出された。その当時、もしだれかが彼の誕生を死ぬほど望んでなかったとしたら、そしてその原因が不安であったとしたら、それは母ではなく父であっただろうという考えを、彼は消すことができなかった。

臨終のとき、母に意識はなかった。父が彼に、母の秘密を打ち明ける前から、母はすでに意識がなかった。もし母に意識があったら、父は彼にそんなことを打ち明けることができただろうか。病室の外で父が門番のように立っていて、彼は母と二人きりになった。樹木のように痩せこけた母の手を握ったが、汗をかくだけで言葉は出なかった。心では許すことができなくても、幸いに言葉というものがあるから、その言葉で許すと言ってあげろ。父のその言葉は、レトリックに過ぎなかった。彼はしばらく脂汗をかいていたが、とうとう首を振ってしまった。僕にはできません……彼の口から意外な言葉が漏れた。許せないという意味ではなかった。だとすれば、何ができないというのだろう。

母が彼の手を握りしめたと感じたのは、ちょうどそのときだった。瞬間ではあったが、それは驚くほどの力で何か決定的な感じでもあった。まるで巨大な力によって胸ぐらをとられて、どこかにがむしゃらに引っ張られていくような……そんな恐ろしくてぞっとする力。彼は言葉では言い表せない恐怖にとらわれ、悲鳴を上げながら、母の手を振り払ってしまった。母の臨終がそのときだったのか、それより一秒か二秒早かったのか、彼にはわからなかった。悲しみより恐怖の方が大きくて、彼はもはや母のそばに行くことさえできなかった。

母が亡くなって以来、彼はしょっちゅう悪夢を見るようになった。夢のなかで、彼はいつも殺される危機に瀕していた。しかし、彼を殺そうとするのは、母ではなく父だった。彼が本当にそう思っているからか、それとも母に対する罪悪感のためだったのかはわからない。夢のなかで母は無罪だった。母は純潔で父は残虐だった。双子の兄は伯父に連れられアメリカに行ったのではなく、父に残酷にも殺された。釣り場、石垣の上で母の背中を押したのも父だった。そして彼の妹……生まれて百日も経たないうちに肺炎で死んだと聞かされた彼の妹も、殺されたのだろう。しかし……すべては夢である。世のどんな家族がこうなるのか。世のどんな〝私たち〟がこうなりうるというのか。

母の死んだ後、彼は大丈夫だと言ったが、実は全くそうではなかった。喪失感はゆっくりと後になって襲ってきた。それはたぶん父も同じだったのだろう。母が亡くなってから、父は一つしか残っていない椅子に座って、母と同じような姿で呆然としていた。そうした時間がだんだん長くなり、父は一日中でも、そのまま椅子に座っていられそうだった。母の椅子に座って父は絶えず過去を思い浮かべ、考えが過去へと逆行していくのに反して、体は急速に未来に向かい、父はあっという間に十年以上も老けてしまったようだった。

若い頃、父は立派な体をしていた。父が八年も引き延ばした末に軍隊に行ったとき、彼の先任者たちをたちまち乱暴にさせた理由の一つも、彼の立派な体つきだった。そんな立派な体を国家のために捧げず、義務と苦難と屈辱と苦痛と栄光に捧げず、ひたすら女遊びと子作りに捧げたということを、古参兵たちは許すことができなかった。その立派な体が享受したであろう気が遠くなりそうな肉体の痺れを想像するだけで、彼らを狂わせた。その結果、嫉妬と怒りと性的倒錯と虐待が入り混じった、まるで煮えたぎる釜のようなところで、父は考えなど持たないただの肉の塊として扱われた。それでも父は、自分の肉体に嫌悪を覚えなかったのだろうか。もしくは、まさにそのために嫌悪することができなかったのだろうか。

面会に来た臨月の母に、自分の性器を挿入すること以外には関心がなかった父は、子供が生まれて休暇をとり家に帰ってからも、やはりそれにしか興味がなかった。あらん限りの行為をし、それができない時には庭にあるバーベルを持ち上げることで気を紛らわせた。そういうとき、彼は一日中バーベルの下にいた。収縮と弛緩を繰り返した上腕二頭筋と上腕三頭筋が、自らの筋肉に傷をつけ、その傷を回復しながらいっそう堅くしていった。完全に油が抜けた彼の体には、筋肉が隙間なくついてきた。体は世の何よりも正直に自分の傷に反応し、その傷口に美しい筋肉を残してくれた。父は鉄の塊であるバーベルをかけてあるベンチに座って、筋肉だけの自分の体を見下ろした。生きてきた自分が犯した罪と失敗と負債がすべてなくなれば、残るのはこのように無駄な脂肪がなくなった正直な体だけだろうか。そんなはずはないと彼は首を振った。そうなるために消えなければならないのは、これから生きていくうちに自分が犯す罪と失敗と負債も同様だった。だから人生とは結局、何の方法もないものだ。

兵役を終えた父は電話局の職員になった。電話線を設置する技術職だったが、皮肉にも彼がそんな職業につくことができたのは、軍隊で覚えた技術のおかげだった。軍隊に入るまで、彼には学歴も技術も財産もなく、それらを持たない人間がそなえるべき強情や根性、あるいは根拠のない楽天性もなかった。もし彼がどんな形であれ軍隊に行かなかったら、彼にはいわゆる〝一人前の人間〟になるチャンスなど、永遠になかったに違いない。

その仕事は夜間作業がほとんどで、真夜中に地下で電話線を敷設することは決してたやすいものではなかった。あらゆる電線と配水管と通信線が複雑に絡まっている地下坑道を歩きながら、悪臭と腐った水と太った鼠や虫などに囲まれて働きながら、彼は何も考えることができなかった。その頃は彼の体からすべての考えが抜けていき、彼はまるで幽霊のようだった。

いったい自分の人生はどうしてこうなんだろう。彼は二十歳にしてすでに兵役忌避者になったほど、早くも世の中になんの借りも作らずに生きていこうとした、夢の多い少年だった。彼に夢があったとすれば、それがもっとも輝かしい夢だった。彼は望むものが特にあるわけでもなく、望まないものも別になかった。彼の妻になった女性のことも、そうなってもかまわないと思うほど切に望んでいたわけではなかった。しかし、自分も知らないうちにすべてのことがそんな羽目になっていた。彼は毎晩、暗い地下坑道を這いながら、訳がわからないと思った。考えが抜け落ちた体で、考えよりもまず本能で、訳がわからないとつぶやいた。

幸いにもそんな彼に転職のチャンスが訪れた。彼は電気工事の架線技師として職場を替え、今度は地下ではなく空中で働くようになった。地下でなければどこでもかまわないと思ったが、今度はあまりにも高いところだった。彼は山の頂上から渓谷の上にかかっている電線にぶら下がって、尻を出して用を足し、食事をし、悪態をついた。その仕事もたやすいものではなかった。しかし、彼は電線に上るのが好きで、そこから下を見下ろすのが好きだった。風が吹けば高圧線が揺れ、彼の体が空中で揺れた。そんなときに排便すると、ウンチもひょろひょろしながら落ちていった。上から見下ろす世界は美しかった。彼はそこで不安や恐怖を忘れた。

しかし、その平和な時は長く続かなかった。電信柱に上る途中に墜落して、足に怪我をした。生活に影響を及ぼすほどの障害ではなかった。会社では事故の補償金の代わりに、内勤職を提案してきた。その後、彼は二十年以上、妻が世を去るまで、電力公社の営業所でスーツにネクタイをしめて働いた。

墜落は彼の家にまつわるある種の病気だった。釣り場の石垣から落ちた母の事故は突然のことではあったが、全く予測できなかったとはいえない。人生の最も決定的な瞬間に墜落する父と違って、母はしょっちゅうどこかから落ちた。登山に行っては岩から落ち、工事中の隣の屋上からも落ちた。手すりのないところであればどこからでも落ちたが、幸いにこの街に手すりのない危険な場所はそれほど多くなかった。母がそんなにしょっちゅうどこかで落ちたのは、彼女のバランス感覚に問題があったからに違いない。

実際、母は脳にある問題をかかえていた。彼女はしょっちゅう意識が朦朧とすることがあった。短いときは一分か二分、長いときには二、三十分も。最初に症状が現れたときは、全く予測のつかない状況で意識の停止状態に陥った。道を歩いていて突然、ガスで魚を焼いていて突然、洗面器に水をためて髪を洗うときも突然、彼女は意識が遠くなった。火事になることもありえたし、母が致命的な状態におかれることもありえたが、幸いそうした危険な瞬間は神業のようにすり抜けて行った。そうした症状が続くと、母もそれに慣れていった。母は、数分後に自分にそうした症状が現れることを感知することができ、そうしたときは手を休めて椅子に座り、両手をひざの上にのせて停止状態が来るのを待った。慢性的な喘息の患者が激しい咳がおさまるのを待つように、彼女は持病が今回も何事もなく過ぎていくことを願った。

「あの時からだった」と父が言った。つまり、母が彼を殺そうとした直後から。母は思い出したくない記憶を封じ込めるために、すべての力を尽くしたのだ。記憶の抵抗が強すぎて、体がこなごなになりそうだった。記憶と記憶との闘い、その過酷な闘いから体をかわす方法は、ある種の〝リラックス〟しかなかったのかもしれない。それで母はしょっちゅうどこかから落ち、しょっちゅう意識の停止状態に陥らねばならなかった。記憶と記憶の闘いを、体は遠く離れた場所でながめていた。そして、意識が戻ると殴られたかのような痛みを感じるのは記憶ではなく、身体だった。

当然のことだったが、母は生涯、職業を持ったことがなかった。しかし、母は料理の腕前がよく、洗濯物はまぶしいほどきれいで、花壇の手入れも上手だった。父が釣りにはまったように、母は花壇にこだわった。四季折々に美しい花が猫の額ほどの花壇に咲いた。手のひらほどのその花壇には、またあらゆる死体が埋められた。家のなかで死んだあらゆるもの、虫とかのら猫とか、父が釣って来た魚もあった。母の精神状態につねに不安を感じていた父が、母に大声を出したり怒ったりすることはほとんどなかったが、花壇に何かを埋葬することだけは我慢ができなかった。父は狂ったように怒り、ときには家を出たまま何日間も帰って来なかった。だからといって、花壇に埋めたのら猫を掘り出すためにシャベルをとることもなかった。花はより美しく咲き、父は花の下に埋まっているのら猫や虫や魚のことを忘れるしかなかった。

母が亡くなってから、父は突然病気にかかり急速に老けていった。体中に潜伏していた病原菌が、まるで時を待っていたかのように一気に噴き出て、父は見る影もなくなっていった。父は糖尿病と心臓疾患と高血圧に苦しみ、体中に腫れものができて粘液がしみ出ていた。母が生きていたら、父があんな格好で急速に老けることもなかっただろうが、もしそうだったとしても、母は丁寧に父の介護をしただろう。しかし、母は世を去り、父は一人になった。父は一日中一つしかない椅子に座っていて、だれかが動かさない限りは何日でもそこに座っていた。一時はスポーツで鍛えられていた体は、筋肉が落ちて張りを失い、下っ腹は空気が抜けたサッカーボールのように垂れ下がり、太ももの上にのっていた。父に残った、たった一人の息子である彼が、時おり父を背中におぶって部屋に移し、ふたたびおぶって来て椅子に座らせた。しかし、それだけだった。それ以上、彼に何ができるだろう。

家は何年経っても売れなくて、父がかたくなにながめている表門の横にある花壇の花は枯れて、今はゴミに覆われていた。荷物を捨ててがらんとなった家のなかには埃が積もり、虫がうようよ這い回っていた。父は時たま口を開いてつぶやいた。「すべてがあの時からだった」。彼は、父が一つの考えにとらわれていることは知っていたが、何年も続くその考えが何なのか見当もつかなかった。もしや父も、誰かに赦しを請わなければならないことがあるのだろうか。だとしても、その赦しは他人に向けたものではないような気がした。父の人生には苦難が多かったし、自分が望んでいなかったことに耐えてきたことに限っていえば、偉大だった。だから、赦しを求めなければならないのであれば、それは父が耐えてきた自分の人生に対してであろう。同じく、もしそうしたものが本当に存在するのであれば、生の尊厳に対しても赦しを求めるべきだろう。病気まみれの肉体は生きることを捨て、命だけで残っている。命だけで残っている肉体は、腐っていく傷跡と吐き気のする臭いと粘液と膿だった。そのぞっとする体のなかで、思考だけが腐敗しないとは思えなかった。結局、彼が耐えられなかったのは臭う父の体ではなく、その体のなかで一緒に粘液を滲ませながら臭っているはずの考えだった。彼は父が、その考えを止めることができるよう心から願った。

　彼の口から長いため息が漏れた。父が彼に母の秘密を打ち明けたのは、もしかしてある決定的な瞬間のための暗示ではなかっただろうか、と思われた。母親が子供を殺すことができるように、子供も親を殺すことができる、恐れることなどない、理由はただ〝不安〟それだけだ、赦されない〝不安〟は世の中にないと……。

　彼は父を背中におぶった。父の上着が唾に濡れて湿っぽかった。彼は父を部屋に移して布団の上に寝かせてから、タンスを開け毛布を取り出した。父が静かに目を閉じた。父に毛布をかけてあごの下まで引き上げ、風が入らないように整えた。そのとき、父が目を開き、二人の視線がぶつかった。何か話したいことがありそうな目だった。彼はしばらく我慢して父の言葉を待った。父の口が開き、かすかに言葉が漏れてきた。

「すべてがあの時からだった」

別に意味のある言葉ではなかった。彼は毛布を引き上げて、今度は父の目を隠した。毛布が吸う息と吐く息に合わせて動いた。毛布の上にそっと置いていた手に彼はいきなり力を込めた。毛布のなかから父の声を聞こえた。

「どうせこうなるのだったら、生まれなかった方がよかっただろうか」

一生、言葉とは距離をおいて生きてきた父は、最後の瞬間にすべての言葉を吐き出すつもりだろうか。ついに彼は息を切らしながら毛布の上から父の顔を押しつぶした。毛布のなかの体が激しくもがいた。彼はもがいている体の上にまたがった。動けなくなった上半身の代わりに両足がばたついた。彼はまたがったまま片手で父の顔を、片手で足を押さえつけた。毛布の上に汗が滝のように流れ、誰のものかわからない荒い息が熱くなり、それからすぐに引いていった。毛布のなかの激しい動きも次第に静まり、とうとう完全に止まってしまった。まだ息切れする彼の苦しい呼吸だけが、白く埃が舞い上がった部屋の静寂を破った。

しばらくの間、静寂が流れた。彼の顔は汗まみれになっていた。これですべてが終わったのだろうか。〝あの時〟から始まったすべてが……しかし、〝あの時〟とは一体いつだったのか。母が彼を殺そうとしたあの時、でなければ軍隊に行かなければならなかったあの時、それでもなければ、欲しくもなかった子供ができたあの時……考えてみれば、あの時と呼べる時は、人生のすべての瞬間だったとも言える。ある年のある日に食事をしていたあの時、道を歩いていたあの時……生まれて初めて産声をあげたあの時、悲しみと孤独がわかったあの時、恐怖のために幼いこぶしを握りしめたあの時……わけもなく突然、彼の目から涙がこぼれた。父はどんな瞬間、どんな時、耐えがたい恐怖に体を震わせ、耐えがたい絶望に涙を流したのだろう。そして、どんな瞬間、どんな時、喜びと幸せに耐えられなかったのだろう。彼は手の甲で涙をぬぐいながら、片手で毛布の上をなでさすった。毛布には生の最も激しい闘いを終えた後の熱気が、そのまま残っていた。彼はその熱を帯びた毛布を慎重に引きおろした。何か変な感じがしたからだった。毛布のなかを覗いていた彼の表情が硬直し、切れ切れの息がしゃっくりのように引きつった。毛布のなかにいたのは赤ちゃんの死骸だった。それは男の子で、驚くほど自分の顔に似ていた。

彼は思わずしりもちをつき座り込んだ。部屋の外から話し声が聞こえてきた。気が抜けた顔の彼が声のする方に首を回したら、椅子から立ち上がる父の姿が見えた。父がゆっくりテーブルの方に歩いていく。しばらくすると、テーブルの前に座っている父の前に、キッチン用のナベつかみをはめた手が近づいてきて、味噌チゲの土鍋を下ろす。それは母の手だ。母がナベつかみをはずしてテーブルの隅におき、顔に垂れてきた髪をかきあげる。子供たちがわあーと走ってきて、テーブルの上の玉子焼きに手を出す。母がそれらの手の甲を打つ。双子の手の甲……そして、小さな女の子の手だ。彼は存在しない。

時間が千年の重さで流れていった。彼は一つしかない椅子に座っている。生前に母が座っていて、母が世を去ってからは父のものになった椅子。振りかえれば、彼は母が生きていた時も死んだ後も、一度もその椅子に座ったことがない。なぜだろう。実は、彼が生きている人間ではなくて魂だから？　彼が一人であきれたように笑う。彼は幻想に陥り、自分の存在を失ってしまった。母、あるいは父の椅子に座って、彼はこれまで自分がどのように生きてきたか、どのように死んだのかを、どう考えるべきかわからなかった。他人の記憶として生き残った方がいいのか、自分の記憶として死んで消えた方がいいのか……生きて父を殺した者になるのがいいのか、死んで母に殺された子になった方がいいのか……そのどちらも気に入らない。彼は死にたくも、殺したくもない。彼は元気に生まれて、一時父が夢見たように、だれにも面倒をかけない、そんな不可能な望み通りに生きていたいだけだ。

だからといって、死が悔しいわけではない。彼は苦しむことなく死んで、花の下に埋められた。不可能な夢を見た罪は、父と母にだけ残された。彼はある日の母を思い浮かべる。母が花壇のダリアの前で泣いていた。絶望と孤独と恐怖に怯える二十何歳かの女は、悲鳴のような声を上げて泣いている。同じ時間、父は軍隊の連兵場を走り回っている。十周し、二十周しても、強靭な肺活量は倒れることを許してくれない。父は倒れたいが、倒れることができない。

その時、彼はどこにいるのか。彼の記憶はだれのものなのか。かまうものか、と彼は考えたい。ただ、夢が長すぎる。父は相変わらず魚になる夢をみて、双子の兄はアメリカンドリームを実現するために韓国語を忘れ去り、母はもっと熱いダリアを咲かせる夢をみる。だから、彼がただ夢のなかの存在に過ぎないとしても、彼が他人の夢ではない彼自身の夢のなかの存在である限り、世の不条理に及ぼす悪影響はない。

ただ、彼はだれのものかわからない、しかしまだ自分のものだと信じたいある日のあたたかい記憶を、失くしたくないだけだ。とても遠いある日、彼の家族が遠足に出かけた日の風景だ。双子の兄は同じ蝶ネクタイをしめて、おとなしく座っている。おとなしくしていれば、母がキャンディーを二個ずつあげると約束したからだ。母は五段重ねの重箱に、海苔巻きやお肉などの焼き物やナムルやフルーツを丁寧に詰めている。おんぶに抱っこに、手を引っ張っていく子供が多くて釣竿をあきらめるしかない父が、よだれかけに唾を垂らしている赤ん坊を抱いている。赤ん坊は時おり激しい咳をし、慢性肺炎の気味があるようだ。父は赤ん坊の小さな首にマフラーを巻いてやる。父の顔を見ていた赤ん坊の口元がにこっと開き、その甘い笑みが父の胸をとかす。ふと、父は幸せを感じる。このように暮らすことさえできるなら、私たちがこのように生きることさえできるのなら、何を犠牲にしてもかまわないという気がする。海苔巻きを詰め終えた母は腰が痛いのか、しばらく母の椅子に座って腰を休める。椅子に座った母が、リビングの風景をながめる。どこか、何かが寂しいと思うが、消えた一つが何かわからない。母は時おりぼうっとする。自分が失くした何かを思い出すためだ。それはとても大切なもののようでもあり、思い返してみれば何でもないもののようでもある。

著者
金仁淑（キム・インスク）
1963年、ソウル生まれ。延世大学新聞放送学科1年生に在学中の83年にデビュー。90年代の新たな文学シーンを創出した作家の一人。初期は主に社会体制に関わる作品を発表したが、次第に孤独と疎外という人間存在に関わる洞察へと世界を広げている。著書に『あの女の自叙伝』『ガラスの靴』『刃と恋』など。現代文学賞、李箱文学賞、大山文学賞を受賞。邦訳に「共にゆく道」「あなた」「鏡にまつわる物語」など。

訳者
きむふな
本名・金壎我。1963年生まれ。韓国・誠信女子大学大学院修了後、国際交流員として島根県庁総務部国際課勤務。専修大学大学院日本語日本文学専攻修了（文学博士）。現在、立教女学院非常勤講師。日韓文学シンポジウム、第一回東アジア文学フォーラムの通訳などを担当。著書『在日朝鮮人女性文学論』（作品社）、訳書に『愛のあとにくるもの』（幻冬舎）、『山のある家、井戸のある家』（集英社）ほか、韓国語訳書に『笑いオオカミ』（津島佑子、第1回板雨翻訳賞受賞）など。

作品名　息、悪夢
著　者　金仁淑©
訳　者　きむふな©

*『いまは静かな時—韓国現代文学選集—』収録作品

『いまは静かな時—韓国現代文学選集—』
2010年11月25日発行
編集：東アジア文学フォーラム日本委員会
発行：株式会社トランスビュー　東京都中央区日本橋浜町2-10-1
TEL. 03(3664)7334　http://www.transview.co.jp